AF242948

NOTICE

D'ESTAMPES

TABLEAUX, DESSINS, LIVRES

DONT LA VENTE

POUR CAUSE DE DÉPART

AURA LIEU

HOTEL DES COMMISSAIRES-PRISEURS

Rue Drouot, N° 5,

Salle n. 6 bis, au 1er étage.

LE JEUDI **24 JANVIER** 1856, HEURE DE MIDI.

M. **DELBERGUE-CORMONT**, Commissaire-Priseur,
rue de Provence, n. 8,

Assisté de M. **VIGNÈRES**, marchand d'estampes,
Rue de la Monnaie, n. 13, à l'entresol, entrée rue Baillet, n. 1.

Chez lesquels se distribue la présente Notice.

PARIS

MAULDE & RENOU

IMPRIMEURS DE LA COMPAGNIE DES COMMISSAIRES-PRISEURS
Rue de Rivoli, 144.

1856

ORDRE DE LA VACATION.

On commencera à une heure très-précise.

LES LIVRES,
LES ESTAMPES,
TABLEAUX,
DESSINS

Le départ inattendu et précipité du Propriétaire de cette Collection ne nous a pas permis de prendre le temps nécessaire pour faire un Catalogue détaillé.

La vente se fera au comptant, cinq pour cent en sus des enchères applicables aux frais.

Vente du Mercredi 24 Janvier 1856   Fontaine Lefevre Rochou
        Salle n° 5 bis

R. 125 aux Portefeuille pièces pourries,   1 ..
R. 100 Typographie finate de M. Ange   1 ..
R. 120 Vignettes armoiries et gravures Médailles   1 ..
R. 100 Antiques Bouillon et autres   1 75
R. 140 Voyages des Indes   4 50
R. 100 vues Cartes et portefeuille coloriées   1 75
Lf. 120 Architecture ... extrait   1 50
R. 185 Animaux histoire naturelle   1 50
R. 120 Costumes Gillot et autres   3 ..
Lf. 120 Architecture   1   ..
R. 100 Animaux   1 25
R. 200 Études de têtes noires sanguine   2 25
R. 100 Animaux   1 25
Lf. 100 Ornements au trait   1 25
Lf. 24 pièces Diverses   1 50
R. 100 Cartes   1 ..
F.   33 Volumes et Cartes   1 50
F.   18 Vol. Dictionnaire de l'académie incomplets   1 ..
F.   17 Volumes   1 ..
F.   9 Volumes   Vig.   1 ..
F.   8 Volume fanfares   Vig   1 ..
F.   3 Dictionnaire de Bazon   4 25
R.   4 Vol. Cartes vues et Plans   2 75
R.   3 Vol. et Livraisons   2 25
Lf. 100 Ornements au trait   1 ..
R. 200 Emblèmes et autres   1 ..
R. 130 Vignettes   1 ..
R.   Vignettes en bois sans nombre et portefeuille   3 75
R. 444 Modes   5 ..
R. 100 Armoiries   1 25
R. 200 Cartes et vues   2 ..
R. 100 Ornements   1

                                            9 75   6 25 41 25

			Vig.	Divers	Fontaine	Loiselet	Lefevre	Rochou
						9 75		6 25 41 85
R	100	Vignettes						1 25
R	100	Ornemens						1
R	200	Vignettes						1 75
R	100	Vues Cartes Topographiques						1 25
R	200	Vignettes						1 50
Lf	24	Divers					1 25	
R	200	Vignettes						1 50
R	200	Topographie						1
R	800	Vignettes suite d'estampes						2
R	100	Topographie	Vig.					4
R	100	Vignettes modernes						2
O	17	Denon				1		
R	40	Galerie du Palais Royal						6 50
R	100	Topographie	Vig.					4
R	100	Vignettes Moreau &c						2
R	60	Ecole Française						3 75
Lf	23	Cenremer Ferrante					2 25	
R	110	Topographie	Vig					1 50
R	100	Vignettes						1 75
R	100	Sujets religieux						2 50
R	100	Topographie						2
R	100	Paysages						1 75
R	180	Marines, Paysages						2
R	75	Divers						2 75
R	160	Vignettes Divers						2 75
R	100	Paysages						1
R	200	Vignette Romain & Florence						1 50
R		Bois Lettres						2 75
R		Bois ornemens						1
R		Bois Saints &paquets						3
R	100	Traité	Vig.					2
Lf	10	Vernet					1	
R	100	Vignettes						4 75
R	200	Paysages						
						9 75		10 75 103 75

				Fontaine	Loizelet	Lefour	Bochon
				9 75		10 75	103 75
R	100	Divers	Vig				1 ..
R	45	Greuze					3 85
R	100	Divers	Vig				2 50
R	100	Lithog. et Moderne					3 75
Duch.	20	Vignettes, Daphnis et Chloé Parchemin	13 50				
R	84	Stephanus Leonard Gaultier					1 ..
R	100	Portraits					5 50
If	30	Oiseaux			2 85		
R	100	Artiste					2 ..
R	60	École flamande					3 75
R	60	Labelle					1 75
R	60	École française					2 50
R	55	Bega, Ostade, Rembrandt					4 ..
R	100	Portrait	Vig.				2 ..
R	60	Labelle	Vig				1 ..
R	50	Portraits					2 75
R	73	Prudhon					2 50
R	20	Portraits costumes Chevaliers					5 ..
R	100	Paysages et portefeuille					1 75
R	52	Caricatures					2 85
R	100	Vignettes portefeuille					5 50
I	13	Abraham Bosse		1 25			
R	100	Paysages					8 75
R	100	Portrait					5 50
If	20	Ornemens Vienot				1 50	
I	65	Ducerceau		6 ..			
If	120	Animaux et ornemens antiq.				2 ..	
I	50	Vues de Chatillon, Silvestre		2 50			
If	35	Sauvages nouvelle Zélande				2 ..	
If	30	Oiseaux ornemens				1 ..	
R	32	École Française					3 85
If	22	Ornemens Vienot				1 ..	
R	100	Portrait					5 50
				14 50	9 75	9 75	26 50	174 ..

Lot	Qté	Désignation		14 50	9 75	9 75	20 50	174
R	20	École française Sujets divers						3 ..
R	23	Sujets historiques						2 ..
To	1	Boucher les Amours de lait				1 75		
R	100	Portraits	Vig.					4 75
Vf	14	grandes vues Constantinople export					4 75	
To	2	Glaisons moulées d'après nature				1 ..		
Vf	20	Chasses et autres					3 75	
R	20	École française Sujets gracieux						3 ..
R	100	Sujets religieux	Vig.					3 ..
Vf	14	Ports de France Vernet					6 ..	
Lf	2	Étude d'Amour, Vignette des Ouvriers					3 75	
R	6	Divers modernes						2 75
I	10	Boucher et autres				1 75		
Vf	24	Gautier ornements					2 50	
Vf	18	Ports et autres					4 75	
Lf	3	Volumes Coupe de Pierre, Épure, Règle Vig. M Berard					5 ..	
To	2	Étude Couleur	Vig			4 ..		
R	110	Callot						10 50
R	100	Divers	Vig					8 75
Vf	22	Ornements Ferrante					2 75	
R	60	École Italienne						3 ..
Vf	10	Cahier Écriture					2 ..	
Cachem 944		Houel La Sicile		10 50				
Ros n°17	12	grands Portraits		2 ..				
Vf	18	Ports de France compris	Vig				7 50	
R	30	Portraits et autres						2 ..
To	3	Sujets gracieux, Halles Couleur				2 ..		
Ll	5	Vernet anciennes Épr.	Vig. et encadrement				9 ..	
Ros n°16	28	têtes d'Étude Ossian		1 75				
R	30	Portraits	Vig.					3 ..
Vf	4	Vernet anciennes Épr.	Vig.				3 ..	
I	70	Cartes Blanche				1 ..		
R	20	Lithographies en noir						8 75
				28 75	9 75	20 75	73 75	216 50

28 75   9 75   20 75   73 75   216 50

Lf 12 Grandes Vues en Couleur   4 ..
Lf 100 Vignettes   1 50
R   1 Masson Portrait du Grand Dauphin Vig   4 ..
Ros n°16 12 Grand Portrait   Vig. 2 ..
Lf 10 Vernet chevaux   1 50
Lf 12 Vues couleur grandes   3 50
R   1 Philosophe de Ville   Vig   1 ..
Lf 30 Fleurs oiseaux   1 25
Lf 48 Chirac — 8 cahiers de 6f   2 25
R   4 pièces avant l.l. Frederic et Vig   4 25
Lf 31 ornemens fleurs   1 50
R   6 Gal. Versailles avant l.l.   2 ..
Lf 50 fleurs noir   3 50
Lf 10 Chevaux Vernet   1 50
Lf 27 fleurs couleur   1 25
Lf   1 Danse de Nymphes   1 50
Lf   1 Comparaison Schall, Bouillon et Dupré   1 ..
R   4 Sapho, Gabrielle de Vergi Lascases   2 50
L   1 Faust et Marguerite   2 ..
L   2 Lithog Colorié Pèlerin   3 ..
F   6 Lithog   1 75
F   6 Lithog   3 75
Reyn 6 Grande Croise .   1 25
Lf 15 Arcadius ornemens cahiers de 30 f.   7 ..
I 960 Vignettes   2 ..
Lf 27 Cahiers Bréale Dessin linéaire   4 ..
Lf   8 Cahier Calendrier noir de 12 f.   3 ..
Lf   6   d°   d°   Coul.   3 ..
Lf 10 filets grecs   Vig   1 ..
R   4 Tableaux Paysages   1 50
R   4 Canards fleurs et fruits   3 ..
R   3 St Amand, Frol Belle, et le Grand.   2 50
R   1 Enfans genre Boucher   1 75

32 00   20 25   22 75   116 00   239 00

			32	20 85	22 75	116 90	239 00
R	4	Portraits dont 2 violet					1 75
R	1	Pastel					3 ..
Romain	4	Fixés	11 50				
Romain	2	Lanterns	43 ..				
R.	90	Dessins					1 50
R.	100	Dessins et portefeuille					2 ..
R.	50	Dessins					1 ..
F	8	Dessins Fleurs		2 ..			
F	3	Costumes Chinois		1 ..			
F	17	Gouaches		3 ..			
F	2	Fruits		2 75			
Ros	24	Sujets Paysages et Portraits anciens	4 25				
Ros	13	Portraits anciens	11 ..				
Ros	10	Portraits	6 ..				
Ros	56	Portraits	7 ..				
Ros	7	Pièces diverses	1 85				
L	90	Architecture et Antiquités				2 85	
L	77	Animaux				2 75	
L	16	Scènes de Poissons				3 ..	
L	20	Paysages				1 ..	
L	130	Idem				2 ..	
L	88	Ornements et Paysages lithog.				1 50	
L	100	Vignettes				1 ..	
L	79	Histoire de Jerusalem				2 50	
L	75	Vignettes				3 50	
R	35	Portefeuilles					3 50
L	8	Portefeuilles				1	
F	1	Portefeuille			2 85		
F	1	Grand Portefeuille			1 75		
Anciens	5	Portefeuilles	1 85				
Anciens	5	Portefeuilles	1 75				
			119 00	33 00	43 25	116 90	250 75

Frais 23 %.

Rochou   250 75
Payé   193 10   frais   57 65

Id.   116 ..
        87 30   frais 26.70   88 70
                 transport 2

Loiselet   43 25
Payé   33 35   frais   9 90

Fontaine   33 ..

Rossedain   35 25
        27 15   frais   8 10

Romain   54 50
Payé   44 50   frais   12 50

Duchesne   27 ..
        80 80 . frais   6 20

0   1
        . 80   frais   20

Reynaud   1 25

24 Janvier 1856

Vente du 22 X.bre 1855 doit

Mademoiselle Rousset

100	Portraits	12	50
110	Costumes	3	..
100	Portraits	7	..
100	Portraits	3	75
100	Portraits	3	..
100	Vues diverses	1	..
120	Emblèmes	1	..

31 25

frais 17.50 %   5 40

f 25 85

22 Xbre 1855

Monsieur Maistre

3 Cadres noir   8 50
1 Cadre Doré   4 ..
                     ____
                      12 50
frais 17.50 %   2 15
                      10.35

Vente du 24 Janvier 1856

Monsieur Lefevre et Mad. Fontaine

Qté	Désignation	Prix	
120	Architecture au trait	1	50
120	D°	1	..
100	Ornemens au trait	1	25
24	Pièces Diverses du Double	1	50
100	Ornemens au trait	1	..
24	Divers Double	1	25
23	Ornemens Ferranti	2	25
16	Vernet Chevaux	1	..
30	Oiseaux	2	25
20	Ornemens Vienot	1	50
120	Animaux et ornemens au trait	2	.
35	Sauvages Nouvelle Zelande	2	..
30	Oiseaux et ornemens	1	..
22	Ornemens Vienot	1	..
14	g.de Vues Constantinople Color.	4	75
20	Chasses Vernet	3	25
14	Port de Vernet g.de	6	..
2	Etudes d'oiseaux Vie des oiseaux	3	25
24	Ornemens Gaultier	2	50
12	Port vernet et Constitution	4	25
3	Vol Coupe Epure, Regle	5	..
27	Ornemens Ferranti	2	75
10	Cahiers Ecriture	2	..
18	Port de Vernet Comples	7	50
5	Port Vernet Ancien Ep.	9	..
4	D° D° D°	3	..
12	Grande Vue Couleur	4	..
100	Vignettes	1	50
12	Chevaux Vernet	1	50
12	g.de Vue Color.	3	50
30	fleurs Oiseaux	1	25
48	Chinois & Cahier de b.f	2	25
31	Ornemens fleurs	1	50
	À reporter	**89**	**25**

                                        Report   89 25

50   fleurs noir   3 50
10   Chevaux vernis   1 50
27   fleurs Couleur   1 25
 1   Danse De Nymphes   1 50
 1   Comparaison   1 ..
15   Cahier de 30f Arcadiens   7 ..
27   Cahier Bristol dessin linéaire   4 ..
 8   Cahier Calendrier noir s. 12f.   5 ..
 6   d.   d. Coul.   3 ..
10   filets Grecs   1 ..
                                              ——————
                            total   116 ..

             prix 23 %   26.70
             transport   2.   28 70
                                            ——————
                                            87 30

DÉSIGNATION SOMMAIRE

ESTAMPES

École italienne, plusieurs lots.
École flamande, allemande et hollandaise, idem.
Bega, Ostade, Rembrandt, 55 pièces.
Trost, proposition et déclaration de mariage, 2 p.
Chasses, d'après Vischer, 10 p.
École française, divers, plusieurs lots.
Abraham Bosse, 13 p.
Callot, plus de 100 p.
Boucher, Lancret, Pater, Watteau, plusieurs lots.
Greuze, 25 p. — Prudhon, 23 p.
Sujets gracieux et en couleur, d'après Huet, etc.
Daphnis et Chloé, du Régent, sur vélin, 20 p.
Ducerceau, 65 p., architecture.
Vues de Paris, France, etc., par Chatillon, Silvestre, etc.
Portraits, environ 800, en plusieurs lots.
Masson, portrait du dauphin.
Wille, le philosophe.
Antiques, Statues, Bas-Reliefs camées, tirés de Bouillon, galerie
de Florence, Musée, etc., plusieurs lots.
Galerie du Palais-Royal, 40 p.
Galerie de Versailles.
Pièces tirées de l'artiste, environ 100 p.
Fleurs, Botanique, etc., Redouté, Turpin, plusieurs lots.
Ornements anciens et modernes, par Ferranti, Gamaliel,
Polisch, Vienot, etc., nombre de lots.
Animaux anciens et modernes, Chirac, Vernet, etc.
Principes de dessins noir et à la sanguine et lithographies,
plusieurs lots.
Sujets religieux, Vierges, Vie de Jésus-Christ, etc., etc., idem.
Costumes de théâtre, costumes divers, idem.
Modes, environ 400 pièces.
Vignettes anciennes et modernes, environ 2,000 en lots.
Vues et cartes topographiques des provinces de France, Bre-
tagne, Languedoc, Lyonnais, Normandie, Picardie, Touraine, etc.,
environ 1,000 seront divisées en lots.
Ports de France, anciennes épreuves et autres, d'ap. J. Vernet.

Manière noire et belles lithographies.
Paul et Virginie et autres, en noir.
Pèlerine, fille mal gardée, et autres en couleur, etc., etc.
Faust et Marguerite, gravé par Hallet, et autres.

LIVRES.

Dictionnaire de Bazan, 3 vol. in-8,
Dictionnaire de l'Académie, 2 vol. Les Farfadets, 8 vol.
l'Histoire de France d'Anquetil, 10 vol., et autres, seront vendus en lots au commencement de la Vacation.
Vignole, Règle des cinq ordres d'architecture, par de la Gardette.
Etudes d'ombres, coupe des pierres, par Simonin, épures d'escaliers en pierre, par Goguet.
Cahiers calligraphiques, écritures diverses, etc.
La Stèle, par Houel, 204 pl. en bistre.

TABLEAUX.

Deux très petits paysages de Lantara, provenant du cabinet de M Blondel de Gagny.
L'Automne, groupe d'enfants, et Chèvre, genre Boucher.
Deux tableaux de Salle à manger, Légumes, Fleurs et OEufs.
Deux Chasses aux canards.
Vue d'Isola Bella, époque Louis XV.
Vue en Normandie, abbaye de Saint-Amand à Rouen.
Portrait de princesse, époque de Louis XIV.
Plusieurs tableaux de paysages.
Quatre très petits paysages, Marines, genre fixé.
Plusieurs pastels, beau Portrait de femme, qui semble une actrice, autre de Jeune fille en moine, enfant, etc.
Diverses gouaches, dessins chinois.
Beaux Dessins de Fleurs et Fruits, plusieurs lots.
Plusieurs lots de dessins anciens et modernes.

Maulde et Renou, imprimeurs de la Compagnie des Commissaires-Priseurs, rue de Rivoli, 144.